# Journée pyjama

# Journée pyjama

## Robert Munsch

Illustrations de
## Michael Martchenko

Texte français de
Christiane Duchesne

*Éditions*
**SCHOLASTIC**

Les illustrations de ce livre ont été
faites sur du carton à dessiner.
La police de caractères est Minion Pro 22 points.

Catalogage avant publication de Bibliothèque et Archives Canada

Munsch, Robert N., 1945-
[Pyjama day. Français]
Journée pyjama / Robert Munsch ; illustrations de Michael Martchenko ;
texte français de Christiane Duchesne.

Traduction de : Pyjama day.
ISBN 978-1-4431-3918-2 (couverture souple)

I. Martchenko, Michael, illustrateur  II. Duchesne, Christiane, 1949-,
traducteur  III. Titre.  IV. Titre : Pyjama day.  Français

PS8576.U575P9314 2014          jC813'.54          C2014-902834-2

Édition publiée par les Éditions Scholastic, 604, rue King Ouest, Toronto (Ontario)
M5V 1E1 CANADA.

6 5 4 3 2 1    Imprimé au Canada 114    14 15 16 17 18

*À Andrew Munsch, de Guelph, en Ontario.*
*— R. M.*

Comme le vieux pyjama
d'André est tout troué, son père
l'emmène en acheter un nouveau.

Ils vont dans un premier magasin et André dit :

— Pouah! Je n'aime pas le tissu de ce pyjama.

Ils vont dans un deuxième magasin et André dit :

— Pouah! Ce pyjama ne sent pas bon.

Ils vont dans un troisième magasin et André dit :

— Pouah! Ce pyjama a mauvais goût. Je vais porter mon vieux pyjama.

Son père l'emmène alors dans un autre magasin. Tout au fond, sur un écriteau, on peut lire :

PYJAMA DE RÊVE.

André regarde le pyjama et dit :

— Ah! Il est beau!

Il renifle le pyjama et dit :

— Ah! Il sent bon!

Il goûte le pyjama et dit :

— Ah! Il a bon goût!

Son père lui achète le pyjama.

Le lendemain, c'est journée pyjama à l'école. André met le pied droit dans une jambe de son pyjama neuf et bâille un bon coup. Il met le pied gauche dans l'autre jambe et bâille deux fois de suite. Il glisse le bras droit dans une manche et ses yeux se ferment. Il glisse le bras gauche dans l'autre manche et s'endort.

Tout cela est bien étrange, car il n'est que neuf heures du matin…

L'enseignant installe André au fond de la classe et dit :

— Il se réveillera bientôt.

À la récréation, André dort encore et l'enseignant commence à s'inquiéter.

À l'heure du dîner, André dort toujours et cette fois, c'est le directeur qui s'inquiète.

André dort tout l'après-midi, et même ses amis commencent à s'inquiéter.

À la fin de la journée, l'enseignant appelle la docteure.

La docteure donne un petit coup sur le genou d'André. Puis elle examine ses oreilles, regarde dans ses yeux et déclare qu'il va très bien. Mais André ne se réveille toujours pas.

Puis la grande sœur d'André vient le chercher pour le ramener à la maison.

— Je vais appeler maman, dit-elle.

En arrivant, la mère d'André le regarde et dit :

— Je sais ce qui ne va pas! Il porte son pyjama de rêve!

Elle sort le bras d'André du pyjama et il bâille.

Elle sort l'autre bras du pyjama et il ouvre un œil, mais le referme aussitôt.

Elle sort une jambe et André ouvre les deux yeux.

Elle sort l'autre jambe. André se lève d'un bond et demande :

— C'est l'heure de la récréation?

— Que se passe-t-il ici? demande alors le directeur en entrant dans la classe.

— Regardez! dit la mère d'André, c'était le pyjama de rêve qui faisait dormir André! Il porte un pyjama de rêve!

— C'est absurde, dit le directeur. Je suis le directeur et j'en sais plus que tout le monde! Un pyjama de rêve, ça n'existe pas.

Et pour s'assurer que c'est bien vrai, il décide d'essayer le pyjama.

Le directeur examine le pyjama et le trouve beau. Il renifle le pyjama et trouve qu'il sent bon. Il goûte le pyjama et trouve qu'il a bon goût.

Il met le pied droit dans une jambe et bâille un bon coup.

Il met le pied gauche dans l'autre jambe et bâille encore.

Il glisse les bras dans les manches et s'endort aussitôt.

La mère d'André traîne le directeur jusqu'à son bureau, puis elle rentre à la maison avec André.

Ensuite, elle lui confectionne un VRAI pyjama de rêve. Même par les nuits les plus froides, il garde André bien au chaud. Et c'est vraiment un pyjama de rêve, car lorsqu'il le porte, André s'endort seulement quand il en a envie.

Quant au directeur,
il dort toujours.